AF454074

CATALOGUE

DES

PORCELAINES ANCIENNES

Pâtes tendres

ROUEN, SAINT-CLOUD, CHANTILLY, MENNECY

Et autres fabriques françaises et étrangères

ŒUVRES DE PALISSY

ET DE SES CONTINUATEURS

Faïences de Rouen, Nevers, Niederviller
Strasbourg, Saint-Amand et Faïences patriotiques

Composant la Collection

DE M. DUPONT-AUBERVILLE

ET DONT LA VENTE AURA LIEU

HOTEL DROUOT, SALLE N° 1
Les Lundi 16 et Mardi 17 Mars 1885

A DEUX HEURES

M. P. CHEVALLIER	**M. Ch. MANNHEIM**
COMMISSAIRE-PRISEUR	EXPERT
10, rue Grange-Batelière, 10.	7, rue Saint-Georges, 7.

Chez lesquels se trouve le présent Catalogue.

EXPOSITION PUBLIQUE : Le Dimanche 15 Mars 1885

DE UNE HEURE A CINQ HEURES

CONDITIONS DE LA VENTE

Elle sera faite au comptant.

Les adjudicataires payeront *cinq pour cent* en sus des enchères.

L'exposition mettant le public à même de se rendre compte de l'état des objets, il ne sera admis aucune réclamation une fois l'adjudication prononcée.

Paris. — Imp. de l'Art. E. Ménard et J. Augry
41, rue de la Victoire, 41

A collection de porcelaines tendres fran-
çaises réunie par M. Dupont-Auberville
est celle d'un chercheur intelligent, qui,
des premiers, a compris combien il était intéres-
sant d'élucider la question des origines de cette
industrie franchement nationale.

Quand un fatal édit somptuaire, aux dernières
heures du règne, jette au creuset toute l'orfèvrerie
du temps de Louis XIV, on aperçoit un renou-
veau plein de promesses, dans l'expansion vigou-
reuse dont la céramique se fait l'expression.

Si les compositions magistrales autant que
séduisantes de l'école de Berain ne vont plus
concourir à l'ornementation de l'argenterie de
luxe, elles vont être reprises avec un charme
infini dans le décor de la faïence et de la porcelaine tendre primitive, à Rouen, à Saint-Cloud,
à Lille et dans le secret de tous ces ateliers
mystérieux, où se poursuit la chimère de l'imitation de la véritable porcelaine de la Chine. Si
l'argenterie gravée disparaît des tables somp-
tueuses, une matière nouvelle y va venir occuper
sa place. Translucide, délicate, tendre aux yeux

comme au toucher, elle revêtira, elle aussi, la
parure des fines arabesques dont les portefeuilles
des orfèvres contiennent de si agréables motifs ;
les peintres vont faire leur profit des matériaux
amassés pour les graveurs. Le trait en bleu, dans
ces œuvres exquises des commencements de la
porcelaine française, a la netteté du burin ; avec
la pointe fine d'un pinceau, on produit l'illusion
de la gravure sur amati.

Rouen, dès 1673, entre dans cette voie. C'est
l'année du privilège de Louis Poterat qui, le
premier en France, fait de la porcelaine tendre.
Produit mal défini, peu connu, surtout au temps
où M. Dupont-Auberville achetait, — dans un
magasin de curiosités improvisé sous une porte
cochère, — l'un des types les plus précieux de
sa collection, cette sucrière à poudre cataloguée
sous le numéro 1, dont le décor accentué se fond
dans une glaçure vitreuse, pour former un produit
d'art industriel véritablement parfait, type accom-
pli de la fabrication rouennaise dès le xviie siècle.

Le groupe de Saint-Cloud renferme aussi des
spécimens fort anciens. Celle-là, c'est la porcelaine
parisienne par excellence ; elle occupe, parmi
toutes les autres, la place que tient, dans les
collections d'orfèvrerie, toute pièce au poinçon
de Paris. On ne peut décrire toutes ces délica-

tesses, qui ont coûté jadis tant de soins et tant d'argent. Dans un roman quelque peu galant, — tout l'était au dernier siècle, — *le Poète*, dont l'auteur, Choudard-Desforges, semble en certains points raconter sa vie, est résumée en quelques lignes l'historique de cette manufacture.

« Un certain homme appelé Troux, entrepreneur d'une manufacture de faïence au bas du pont de Saint-Cloud, vint emprunter de l'argent à mon père. Il consent à prêter, à condition qu'il sera associé. L'autre accepte. On part pour Saint-Cloud. M. Troux héberge la famille, pendant que mon père fait bâtir un logement à grands frais. Le titre d'associé lui déplaît : il veut être seul entrepreneur. Troux consent encore. La faïence est trop ignoble ; il faut faire de la porcelaine. On rassemble des matériaux et des ouvriers, et l'on fait de la porcelaine, et elle ne se débite point, tandis qu'on regrette la faïence connue et achalandée ; et la manufacture dépérit et l'entrepreneur ruiné est contraint avant peu d'abandonner sa patrie. Voilà l'histoire de Saint-Cloud. »

Il y aurait fort à dire sur cette « histoire » tirée d'un roman oublié ; elle possède toutefois un grand fond de vraisemblance.

Chantilly est représenté par deux ou trois échantillons dignes d'un musée, et qu'il est difficile de ne pas décrire et citer d'une manière toute particulière. Je veux parler d'abord des deux magnifiques pots-pourris (nº 52), défendus par des tigres, et dont la composition, disposée en plan incliné, repose sur des terrasses polychromes, ornées de branchages en relief.

Que dire aussi de cette étonnante pendule (nº 53), dont le barillet, en bronze doré, porte sur **deux** colonnes vermicellées en blanc? Quelle grâce dans l'ordonnance générale! Comme c'est rare et comme c'est charmant! Sous le cadran, deux chiens affrontés gardent un petit vase à parfums en forme de grenade ouverte, que surmonte une fleur sertie de bronze doré.

Comment ne point s'arrêter devant ces deux magots à têtes tremblantes (nº 39), dont les riches vêtements sont décorés d'ornements en broderies polychromes du plus magnifique effet! Et comme on comprend ce passe-temps princier qui portait les plus grands seigneurs à fonder des manufactures pour produire tant d'objets si séduisants!

Mais la porcelaine est une charmeuse qui ne doit pas nous retenir exclusivement, car M. Dupont-Auberville a poursuivi encore d'autres objectifs. Les vieilles faïences françaises de Nevers et de Rouen, les œuvres de Palissy et de ses continuateurs ont, à bon droit, sollicité

l'attention et les investigations de ce collectionneur érudit autant que passionné, Parisien doublé
d'un Normand. La province a été battue jusqu'au
dernier buisson par ce chasseur intrépide et vraiment infatigable.

C'est aux départements de l'Orne et du Cal-
vados qu'ont été trouvés ces épis de Manerbe,
ces corbeilles du Pré-d'Auge, et c'est de la
province aussi que sont sorties ces statuettes et
ces figurines, dignes du maître saintongeois et
qui manquent aux galeries du Louvre.

En première ligne, plaçons le *Personnage
battant le tambour* (n° 203), coiffé d'un large
chapeau et revêtu d'un costume militaire.

N'oublions pas non plus (n° 204) la *Statuette
équestre* d'un jeune homme, tête nue, les jambes
couvertes d'une armure, qui évoque le souvenir
d'un portrait du roi Louis XIII jeune ; ni le petit
vase, à panse ovoïde (n° 209), orné de mascarons,
qu'il est bien permis d'attribuer, vu sa perfection,
au créateur des rustiques figulines.

Il faut abréger — et c'est bien difficile — cette
notice déjà trop longue. Puisse-t-elle inspirer aux
vrais amateurs le désir d'enrichir leurs vitrines
de toutes ces choses d'art, authentiques et de si
bon goût, réunies depuis tant d'années, alors que
ne sévissait point l'épidémie du *trucage*, ce téné-

breux ennemi du collectionneur, que mon ami Paul Eudel n'a pas encore mis à mort, dans son livre gros de révélations.

La variété des objets présentés en vente est vraiment surprenante. Voici, de Nevers (n° 331), une précieuse gourde à deux renflements, décor polychrome, de style italien ; puis, un plat, décor de bleu et manganèse, analogue à celui que le savant historien des fabriques de Nevers, M. du Broc de Segange, a reproduit à la planche IX de son bel ouvrage.

J'ai réservé pour la fin quelques spécimens de Rouen, fond jaune ocré, que les diverses expositions du Musée des Arts décoratifs ont déjà mis en pleine lumière : une paire de petits sabots (n° 278), une boîte à mouches (n° 277), et une sucrière à poudre (n° 276), couverte d'arabesques noires, avec mascarons réservés en camaïeu bleu, pièce belle et rare, à laquelle je souhaite la même fortune qu'à celle du même ordre qui fut adjugée, l'an dernier, pour le respectable prix de *trois mille cinq cents francs*, lors de la vente Milet, à l'un des plus fins et des plus sagaces amateurs parisiens : vous aurez reconnu M. Antiq.

MM. Mannheim et Chevallier sont gens de taille à renouveler le miracle, au plus grand honneur de la faïence de Rouen et aussi de l'intelligent possesseur de cette belle collection, qui a confié à leurs soins expérimentés la mission d'en faire valoir les mérites et d'en disperser les trésors, pour le plus grand profit des musées spéciaux et des collections particulières.

GUSTAVE GOUELLAIN.

N⁰ 1.

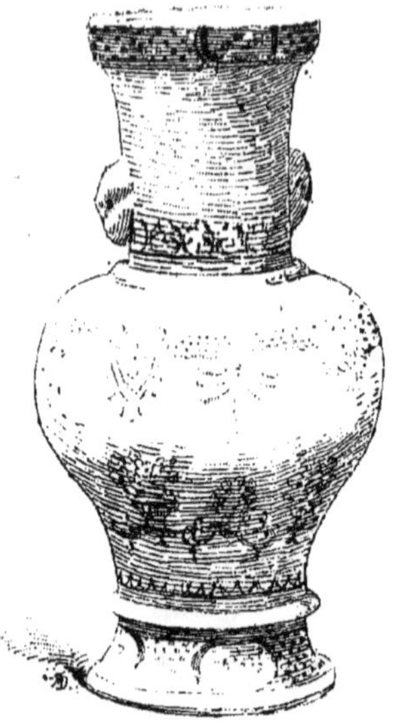

N⁰ 27.

N⁰ 276.

N⁰ 317.

DÉSIGNATION DES OBJETS

PORCELAINE TENDRE DE ROUEN

Sept précieux échantillons sortant des ateliers de Poterat, inventeur de la porcelaine tendre, à Rouen.

I — Sucrière, pour sucre en poudre, de forme conique, à couvercle en dôme, repercée et garnie de fleurettes; sur les parties ajourées les bords sont décorés de lambrequins et de frises à réserves comme on les voit sur les faïences de Rouen. Une ceinture de fleurons des plus fins occupe le milieu de la partie inférieure, le décor est terminé par un enlacement de fleurettes dans un double ruban s'entre-croisant, décor bleu.

Cette pièce est la plus importante connue de cette fabrication.

Haut., 16 cent.; diam., 7 cent.

2 — Tasse-gobelet à lambrequins pendentifs,
à godrons à la partie inférieure ; à la base, un
quadrillé séparant des fleurettes en réserves
dans de petits médaillons, décor bleu. —
Marque AP et l'étoile qui était une des pièces
du blason de Poterat.

Haut., 8 cent.; diam., 8 cent.

3 — Ménagère ou boîte à épices, de forme
rectangulaire, à couvercle à angles arrondis ;
il est orné de fleurons dirigés vers le bouton
central ; la partie inférieure est également
fleuronnée en pendentif et la pièce est garnie
de dents de loup à la partie inférieure. —
Marque A. P. ⨉ et une petite croix. Poterat
n'avait sans doute point encore reçu les lettres
patentes. Une pièce analogue se trouve dans la
collection Jacquemart, au musée de Limoges.

Long., 11 cent.; larg., 7 cent.

4 — Salière élevée sur pied renflé et godronné
à la base ; la partie médiane est ornée de fleurons enlacés à l'intérieur du bassin, et sous
la bordure, qui est également à godrons, est
posé un entourage de fleurons tendant vers
le centre où un petit vase d'aspect oriental,
contenant deux feuillages, est posé sur un

support de style japonais. — Marque A. P. et l'étoile.

5 — PETIT POT DE TOILETTE à balustre quadrillé et terminé en fronton en plein cintre et angles sortis dans ces compartiments; de la base, s'élève un fleuron qui occupe le milieu de chacun d'eux. Décor bleu.

Haut., 5 cent.; larg., 4 cent.

6 — CÔTÉ DU BASSIN D'UN HUILIER; deux rangs de godrons, placés haut et bas, laissent courir entre eux une ceinture de fleurons enlacés en décors bleus.

Diam., 78 millim.

7 — BUIRE à réserves de fleurettes et à lambrequins, sur l'extrémité desquels naissent des fleurons qui se répandent sur la panse ovoïde du vase et alternent avec d'autres lambrequins de moindre importance; à la base, autre ceinture de lambrequins. Décor bleu.

Cette pièce, avec une potiche à M. le Breton et deux cornets à M. Beurdeley, ont été catalogués, à l'exposition de l'Union centrale des Arts décoratifs de cette année, comme pâte tendre de Rouen; sans en prendre la responsabilité, nous répétons ici cette attribution.

8 — Couteau à manche en pâte tendre de Rouen polychrome, divisée par des balustres à décor d'ornements et réserves bleus et jaunes; la partie cylindrique est divisée en compartiments remplis par des fleurons allongés et pendant vers une étoile à deux couleurs qui forme le bout du manche.

PORCELAINE TENDRE BLANC ET OR

DE SAINT-CLOUD

9 — Pomme de canne en bec à corbin, à décor analogue rehaussé de paillon vert sur blanc de Saint-Cloud. Pièce très remarquable et comme celles de cette série très rare.

10 — Une autre pomme de canne forme oblongue, décorée en relief d'or plaqué en relief sur blanc de Saint-Cloud.

11 — Boite quadrangulaire, à décor de guirlandes, plaqué d'or sur blanc de Saint-Cloud.

12 — DEUX POMMES DE CANNE à ornements de
style Louis XIV, plaqués d'or sur blanc de
Saint-Cloud.

13 — DEUX VASES A PARFUMS dits pots-pourris, sur
bases hexagones, et entourés de guirlandes en
relief; les couvercles et l'épaulement percés
de trous. — Blanc de Saint-Cloud.

Haut., 22 cent.

14 — DEUX TRONCS D'ARBRES avec oiseaux perchés.
Ces pièces étaient destinées à être montées
en candélabres. — Blanc de Saint-Cloud.

Haut., 21 cent.

15 — BOUGEOIR de forme conique à pans, à décor
gravé et anse surmontée d'une tête d'oiseau.
— Blanc de Saint-Cloud.

Haut., 7 cent.

16 — CABARET composé de neuf pièces décorées
en relief de branchages et de fleurs. — Blanc
de Saint-Cloud. (Six tasses, une théière, un
sucrier, une cafetière.) La marque S. C. T.

17 — DEUX CACHE-POTS cylindriques, à décor en

relief de branchages et de fleurs. — Blanc de Saint-Cloud.

Haut., 20 cent.; diam., 11 cent.

18 — CINQ PIÈCES à décor en relief (squame d'artichaut). Une tasse et soucoupe, sucrier et trois petits vases. — Blanc de Saint-Cloud. Marque : S. C. T.

Porcelaines tendres de Saint-Cloud.

19 — SUCRIÈRE, pour le sucre en poudre, de forme cylindrique, à couvercle en dôme percé de trous placés au cœur de fleurettes symétriques ; sur le corps, trois branches de pêcher fleuries en relief. — Blanc de Saint-Cloud. Monture en argent.

Haut., 19 cent.

20 — POT A POUDRE cylindrique, couvert décoré en relief de tiges fleuries de style chinois. — Blanc de Saint-Cloud. Monture en cuivre ciselé.

Haut., 16 cent.

21 — TROIS POTS A POMMADE cylindriques, décorés de trois tiges fleuries en relief. Deux sont montés en argent. — Blanc de Saint-Cloud.

22 — TASSE ET SOUCOUPE décorées de fleurs en relief. — Blanc de Saint-Cloud. Marque : S. C. T.

23 — SIX PIÈCES à décor de branches de pêcher fleuries : théière, deux tasses et soucoupes et trois tasses campanulées. — Blanc de Saint-Cloud.

24 — PETIT VASE sur piédouche, forme campanulée, à douze lobes godronnés et renversés sur les bords. — Blanc de Saint-Cloud. Marque : S. C. T. en or.

25 — TASSE A ANSE ET SOUCOUPE à décor de feuilles d'artichauts tracées en or. — Blanc de Saint-Cloud. — Marque : S. C. T. en or.

Fabrication primitive.

26 — POT DE TOILETTE cylindrique, décoré au bord d'une bordure de lambrequins ; à la base, des dents de loup. — Marqué de deux flèches croisées. — Marque très rare.

27 — VASE turbiné à piédouche et col évasé, à

deux anses latérales; bordures quadrillées et décor de vases et mascarons alternant. — Marque : S. C. — Pièce primitive très remarquable.

Haut., 18 cent.

28 — TASSE-GOBELET ET SOUCOUPE à galerie relevée en trembleuse ; godrons en relief et bordures quadrillées de style oriental.

Période de la marque au soleil.

29 — TASSE-GOBELET CAMPANULÉE ET SOUCOUPE à galerie relevée en trembleuse; godrons en relief et bordures de fleurons. — Marque au soleil.

30 — TASSE-GOBELET ET SOUCOUPE à godrons et bordures de fleurons. — Marque au soleil.

31 — SALIÈRE ronde à base élargie et bordures de godrons; décor de lambrequins fleuronnés. — Marque au soleil.

32 — SALIÈRE de même forme à bordures quadrillées et même décor. — Marque au soleil à quatre groupes de rayons disposés en croix.

33 — TROIS PETITS POTS A POMMADE à décor de lambrequins. — Marque au soleil.

34 — BASSIN oblong octogone, dont l'intérieur est divisé en cinq compartiments par des cloisons à bords festonnés; bordures de rinceaux à fleurons en pendentifs.

Période de la marque : S. C. T.

35 — DEUX TASSES hémisphériques et soucoupes décorées de fleurs de style oriental. — Marque : S. C. T.

36 — SEAU A RAFRAICHIR, ovoïde, à piédouche; décor de paniers fleuris accostés de dauphins.

37 — TASSE D'ÉPREUVE à déguster le vin, de forme hémisphérique surbaissée; culot godronné et anse formée par un serpent enroulé; au fond, dans un médaillon encadré de rocaille, Bacchus enfant sur un tonneau. En dessous, un chiffre orné et enlacé composé des lettres J et D.

38 — BEURRIER à anse double et couvercle, décoré de lambrequins. — Marque : S. C. T.

39 — MOUTARDIER à anse et couvercle cerclé de
filets saillants; bordures fleuronnées. —
Marque : S. C. T. L.

40 — SALIÈRE ronde à base élargie à riche décor
de lambrequins.

41 — CINQ POTS DE TOILETTE à décors variés de
lambrequins et fleurs.

42 — TROIS SOUCOUPES à fond de trembleuses, et
trois pots de toilette.

43 — DEUX POMMES DE CANNE à décor de lambrequins bleus.

44 — PAIRE DE PETITS SEAUX ovoïdes à bordure et
piédouche godronnés, et deux anses formées
par des masques grotesques; décor polychrome
rehaussé d'or, de paysages et personnages
chinois. Très rare.

44 *(bis)* — Autre paire pareille.

45 — SIX POTS A CRÈME à anse en S et couvercle
surmonté d'un bouton; décor polychrome

rehaussé d'or et de personnages chinois. —
Marque : S. C. T.

46 — MOUTARDIER à anse, décor de fleurs en
relief et en couleurs. — Marque : S. C. T.

Signalons cet échantillon comme l'un des
plus rares et des plus précieux.

47 — MOUTARDIER cylindrique à anse, cerclé de
filets saillants et décoré de bouquets de fleurs
ornementales en couleurs et or.

48 — TABLE ovale à quatre pieds en laque fran-
çais, décoré de fleurs rouges cloutées d'or, et
de deux plaques en porcelaine tendre de
Saint-Cloud ; l'une, en forme d'éventail à
décor polychrome et or, à personnages
chinois ; l'autre, en forme d'écran à main,
décoré en rouge et or, de vases et fleurs ornementales de style chinois. — Pièce unique.

PORCELAINES TENDRES DE CHANTILLY

49 — GROUPE composé d'un personnage assis et
d'un enfant debout, en costume pseudo-
chinois ; le personnage assis a la main droite
appuyée sur un fruit à grosses côtes, percé
d'ouvertures et formant pot-pourri ; les têtes
sont mobiles. — Monture en bronze ciselé et
doré.

Hauteur totale, 31 cent.

50 — STATUETTE de personnage en costume
oriental coiffé d'une sorte de tiare, placée sur
une base en bronze ciselé et doré. Sur la
même base sont montés un vase entouré de
branchages fleuris en relief, et une petite
caisse carrée à quatre pieds.

51 — FIGURINE représentant un fort de la Halle
debout sur une terrasse, vêtu d'un justau-
corps décoré de rose et coiffé d'un chapeau à
larges bords.

Haut., 15 cent.

52 — PAIRE DE POTS A PARFUMS dits pots-pourris ; les
deux vases, destinés à recevoir des aromates,

N° 49.

N° 52.

semblent défendus par des tigres ou léopards grinçant des dents. La composition repose sur des socles, terrasses en porcelaine polychrome, décorée de branchages en reliefs; ils sont eux-mêmes placés sur contre-socle en bois sculpté et doré formant plan incliné.

53 —, PENDULE : le barillet repose sur deux colonnes à modules saillants et vermiculés en blanc de Chantilly; elles enchâssent le cadran,. décoré d'ornements polychromes dans le style de Bérain; ce cadran est disposé de manière à ce que les aiguilles fassent leur révolution en six heures, de telle sorte que les six dernières heures de la journée se trouvent placées au-dessus des premières, ce qui fait qu'elles se répètent dans le même ordre pour les heures de nuit. — Sous le cadran, deux chiens en faïence de Chine, enchâssés dans une réserve en creux dans la porcelaine de Chantilly, gardent un petit vase à parfums en forme de fruit surmonté d'une fleur.

Sur les colonnes sont placés deux petits vases blanc, forme Médicis, remplis de fleurs polychromes.

54 — COUPE de forme ovale, à godrons et bords dentelés, montée sur pied en bronze doré,

représentant deux enfants agenouillés, ados-
sés, les bras levés et supportant la coupe qui
repose en partie sur leurs têtes. Décor japonais.

55 — PAIRE DE CANDÉLABRES formés de deux
coupes godronnées à décor oriental à l'écureuil, à pieds et recouvrements en bronze
ciselé et doré, supportant des volutes à têtes
d'aigles qui tiennent des bobèches dans leurs
becs ; au milieu, un brandon central.

56 — DOUZE COUTEAUX à riche décor, contenus
dans une boîte.

57 — QUATRE COUTEAUX à manche en Chantilly
fond jaune, décoré de branchages en relief et
en couleurs. — Très rare.

58 — COUTEAU à manche décoré de branchages
fleuris en relief. Couteau à manche formé par
un personnage chinois. Couteau à décor de
style chinois.

59 — SEAU cylindrique à deux anses, formées par
des dragons rampants ; décor polychrome de

style japonais, dit à l'écureuil. — Marque au
cor de chasse en rouge.

Haut., 155 millim.

59 *bis* — Seau analogue, plus petit. — Marque
au cor de chasse en rouge.

Haut., 155 millim.

60 — Deux pots a poudre cylindriques, à couvercle bombé, dont le bouton est formé par
trois fleurs groupées; décor polychrome de
fleurs de style japonais ; sur la face, un écu
armorié surmonté d'une couronne de comte
et supporté par deux lions. — Marque au cor
de chasse en rouge.

Haut., 15 cent.

61 — Bol hémisphérique à bord évasé, décoré
de rochers fleuris de style japonais. — Monture élevée sur pied en bronze ciselé et doré.

Diam., 21 cent.

62 — Écuelle hémisphérique, à deux anses
latérales, et son plateau, décorés de dragons de
style chinois. — Cor de chasse en rouge.

Diamètre de l'écuelle, 13 cent.; du plateau, 23 cent.

63 — Deux bols hémisphériques surbaissés, à
bord évasé, à décor analogue. — Monture en
bronze doré. Cor de chasse en rouge.

Diam., 14 cent.

64 — Assiette analogue. — Cor de chasse en
rouge.

Diam., 23 cent.

65 — Plateau à quatre lobes et quatre pointes
alternant, décoré de fleurs et d'oiseaux de
style japonais. — Cor de chasse en rouge.

Diam., 245 millim.

66 — Assiette à bord festonné; décor japonais
dit à la haie; sur le marli, trois papillons
alternant avec des tiges de pêcher fleuries.

Diam., 21 cent.

67 — Deux assiettes à bords lobés, ornés d'un
filet pourpre, et marli à gaufrages imitant la
vannerie; au fond, un bouquet et des insectes
en couleurs.

Diam., 235 millim.

68 — Assiette à bords lobés, décorée en bleu,

de bouquets jetés et d'insectes. — Marque au cor de chasse en bleu, accompagnée d'un F.

Diam., 235 millim.

69 — Boite a poudre cylindrique, décorée de paysages en camaïeu bistre. — Marque au cor de chasse en bistre. — Couvercle bombé en argent repoussé.

Haut., 12 cent.

70 — Boite a poudre cylindrique, décorée de bouquets polychromes. — Marque au cor de chasse en rouge.

Haut., 10 cent.

71 — Petit seau ovoïde, côtelé, à piédouche et deux anses latérales en poignée; décor de bouquets polychromes. — Marque au cor de chasse en rouge.

Haut., 12 cent.

72 — Petit seau ovoïde à piédouche et deux anses latérales en coquilles, rattachées par des palmettes, décoré en bleu; sur chaque face, un cartouche aux armes de Condé, entouré de drapeaux et surmonté de la couronne de prince du sang. — Marque au cor de chasse en bleu, accompagnée de la lettre P.

Haut., 10 cent.

73 — Soucoupe semblable, montée en bougeoir, avec tiges en bronze doré, ornées de fleurs en porcelaine. — Même marque.

74 — Pot a lait à anse et déversoir, décoré de bouquets polychromes. — Marque au cor de chasse en rouge.

Haut., 115 millim.

75 — Pot a lait à anse, à ouverture évasée et déversoir; décor de paysages et personnages de style chinois. — Cor de chasse en rouge.

Haut., 11 cent.

76 — Petite écuelle hémisphérique, à deux anses et couvercle bombé dont le bouton est formé par un petit fruit bleu; décor d'oiseaux et fleurs de style japonais. — Cor de chasse en rouge.

Diam., 8 cent.

77 — Tasse ovoïde à anse contournée, et soucoupe; sur la tasse, un écu armorié, timbré d'un casque dont le cimier est formé par un guerrier armé d'une flèche; le reste du décor consiste en fleurs et insectes de style japonais. — Cor de chasse en rouge.

Hauteur de la tasse, 65 millim.
Diamètre de la soucoupe, 13 cent.

78 — Tasse a anse et soucoupe à quatre lobes
et bord festonné ; décor de style japonais
dit à la haie.

Hauteur de la tasse, 4 cent.
Diamètre de la soucoupe, 10 cent.

79 — Petite coupe hémisphérique à bord lobé
et portant, au pourtour, cinq feuilles en
relief ; décor polychrome japonais, à la haie.
— Montée sur un pied en bronze ciselé et
doré.

Haut., 8 cent.

80 — Assiette fond jaune, à bord doré ; sur le
marli, quatre réserves oblongues encadrées
d'ornements dorés et contenant des animaux
en camaïeu bleu ; au fond, grande réserve quadrangulaire à encadrement doré et contenant
un paysage avec sujet de chasse, en camaïeu
bleu. — Marque au cor de chasse en bleu.
— Très fin et rare spécimen.

Diam., 24 cent.

81 — Deux assiettes à bords lobés et dorés,
fond quadrillé bleu à points d'or ; au fond,
médaillon en réserve, encadré de rocailles et
feuillages en or, contenant un sujet de chasse
en couleurs ; autour, six réserves à bords festonnés et dorés, contenant des paysages, des

animaux et des attributs de chasse. — Marque au cor de chasse, accompagnée d'un R en bleu et d'un B en or.

Diam., 245 millim.

82 — Assiette bordée d'un filet pourpre, décorée sur le marli de deux médaillons encadrés d'ornements tracés en pourpre et contenant un bouquet de fleurettes en couleurs, alternant avec deux groupes de petites rosaces pourpres, symétriquement disposées en pyramide; au fond, un bouquet en couleurs. — Marque au cor de chasse, accompagnée d'un D en bleu.

Diam., 23 cent.

83 — Assiette à bord lobé et doré de dents de loup, décorée sur le marli de guirlandes polychromes; au fond, au milieu d'un semis de fleurettes d'or, deux colombes posées sur un thyrse entouré de pampres et de roses. — Marque au cor de chasse en bleu, accompagnée d'un P et de la date 1787.

Diam., 245 millim.

84 — Assiette à bord lobé, orné d'un filet jaune, et marli à gaufrages, imitant la vannerie; au

fond, bouquets polychromes jetés. — Marque
au cor de chasse en bleu.

Diam., 24 cent.

85 — Coupe surbaissée, à bord lobé et festonné ;
décor de branches fleuries. — Cor de chasse
rouge.

86 — Une autre à bord godronné et dentelé ;
décor japonais aux perdrix.

87 — Deux tasses et soucoupes, formées par des
feuilles de vigne, décorées de fleurettes en
couleur. — Cor de chasse rouge.

88 — Cafetière à anse à deux mouvements con-
trariés ; décor polychrome aux bambous. —
Cor de chasse rouge.

89 — Tasse-gobelet et soucoupe à six lobes ;
décor à la haie.

90 — Tasse ovoïde côtelée à bord dentelé,
décorée de personnages chinois. — Soucoupe
semblable en porcelaine de Saxe. — Appareil-
lement fait à Chantilly.

91 — Tasse obconique et soucoupe ; décor chinois. — Cor de chasse rouge.

92 — Trois pots de toilette ; décor polychrome de fleurs, branchages et oiseaux. — Cor de chasse rouge.

93 — Trois pommes de canne, dont deux en bec à corbin, tasse et beurrier. — Cor de chasse rouge.

94 — Assiette et soucoupe décorées de fleurs en camaïeu rose. — Cor de chasse rouge.

95 — Plateau à quatre lobes et à feuilles de choux en relief ; décor de fleurs semées. — Cor de chasse noir.

96 — Magot coiffé d'une feuille de vigne à tête mobile. — Faïence blanche de Chantilly.

97 — Sucrier à sucre en poudre, plateau et couvercle ; bouquets détachés. — Cor de chasse rouge.

98 — Deux assiettes, deux soucoupes et une

tasse hémisphérique, décorées en bleu. L'une
des assiettes et des soucoupes sont marquées
Chantilly.

99 — Boite-écrin contenant une théière, un
sucrier, deux tasses, un pot au lait à trois
pieds; décor de bouquets semés polychrome.
— Cor de chasse bleu.

100 — Tasse a anse et soucoupe à bord doré;
décor polychrome d'oiseaux sur terrasse et
fleurs. — Cor de chasse bleu, accompagné
d'un A .˙. sur la soucoupe et d'un B sur la
tasse.

101 — Soucoupe fond gros bleu quadrillé d'or,
avec médaillons en réserve, contenant des
oiseaux sur terrasse. — Cor de chasse bleu,
accompagné des lettres G. B.

102 — Pot a crème à anse, côtelé en spirales à
filets dorés. — Cor de chasse d'or.

103 — Théière ovoïde à anse et goulot rattachés
par des palmettes en relief; décor de bouquets
en bleu. — Cor de chasse bleu, accompagné
des lettres Ch. (Chantilly).

104 — SALIÈRE à deux compartiments; décor de
rocailles et bouquets de fleurs et graminées en
bleu. — Même marque.

105 — SUCRIER ET QUATRE TASSES décorés en bleu
de tiges de graminées. — Cor de chasse
bleu.

106 — DEUX ASSIETTES décorées de branches de
roses en bleu; l'une à marli festonné, l'autre
à grains d'orge. — Cor de chasse bleu.

107 — ASSIETTE décorée en bleu; au centre, une
fontaine jaillissante; marli à grains d'orge.

108 — ASSIETTES à guirlandes de fleurs en camaïeu bleu. — Cor de chasse bleu, accompagné d'un B.

109 — DEUX TASSES obconiques à décor de bouquets semés en bleu. — Marquées B.

110 — DEUX GOBELETS décorés en camaïeu bleu,
d'un rocher fleuri de style oriental. — Cor de
chasse bleu.

111 — QUATRE TASSES ET SOUCOUPES décorées en bleu de tiges de graminées.

112 — FROMAGÈRE en forme de corbeille ovale, à fond et pourtour ajourés, deux anses en poignée placées aux extrémités. — Porcelaine blanche.

MENNECY

Période primitive blanche

113 — CAISSE A FLEURS décorée de branches fleuries en relief; les angles inférieurs supportant les pieds sont en argent, ainsi que les pommes qui se lèvent aux quatre angles. — Marque D. V. en creux.

Haut., 135 millim.

114 — CORBEILLE reposant sur un socle en cuivre repoussé et doré; le dessous de la porcelaine est de forme rectangulaire et obconique, il est surmonté d'un couvercle entièrement couvert de fleurs en haut-relief et en blanc de Mennecy.

Haut., 13 cent.; hauteur totale, 23 cent.

115 — Deux pots de toilette, décors de tiges de pêchers fleuries et en relief. — Blanc de Mennecy. — Une pièce marquée D. V. en creux.

116 — Deux pièces analogues, sucrier à sucre cassé et un socle décoré de bouquets en relief. — Blanc de Mennecy. — Une pièce marquée D. V. en creux.

117 — Statuette : Enfant tenant des porte-lumières, assis sur un animal chimérique. — Blanc de Mennecy.

Haut., 13 cent.

118 — Groupe montrant un chien se lançant sur un cygne. — Blanc de Mennecy.

Haut., 15 cent.

119 — Poussah chinois se tenant sur les mains et les genoux, de telle sorte que le corps forme vase surmonté d'un couvercle entièrement recouvert de fleurs en haut-relief, en blanc de Mennecy.

Haut., 10 cent.

120 — Deux statuettes d'enfants moissonneurs

tenant à droite et à gauche des gerbes liées.
— Blanc de Mennecy.

Haut., 18 et 15 cent.

121 — Deux statuettes se faisant pendant et
représentant des marchandes de fleurs tenant
devant elles des porte-bouquets à trous simulant leur panier de marchandises. — Blanc de
Mennecy.

Haut., 20 cent.

122 — Enfant amour assis sur un socle élevé. Il
tient dans l'une de ses mains un oiseau prêt
à s'envoler. — Blanc de Mennecy.

123 — Figurine en costume oriental, portant
sur le dos une hotte destinée à être remplie
de fleurs. — Blanc de Mennecy.

Haut., 28 cent.

124 — Tronc d'arbre creux. Sur l'écorce s'at-
tachent des branches fleuries, et dans le creux
ménagé par l'écartement des racines, se voit
un personnage chinois accroupi.

Haut., 19 cent.

125 — BRANCHE DE CHATAIGNIER en fruit, les inté-
rieurs des châtaignes disposés en vide-poches.

Long., 20 cent.

126 — STATUETTE D'ENFANT en costume Louis XV,
la jambe pliée et le pied posé sur une partie
élevée de la terrasse et simulant une roche.

Haut., 15 cent.

127 — ARBRE élevé sur terrasse quadrangulaire,
couvert de feuilles et de fleurs en haut-relief.

Haut., 19 cent.

128 — POT A SENTEURS, dit pot-pourri, de forme
cylindrique, à panse renflée repercée de trous.

Haut., 24 cent.

129 — ÉCUELLE A DEUX ANSES et couvercle, décorée de branches en haut-relief sur ce dernier
et de branches disposées en guirlandes sur le
bassin.

Haut., 10 cent.; larg., 15 cent.

130 — TASSE A TROIS LOBES AVEC SA SOUCOUPE
formée de six lobes ménageant au centre une
partie creuse hexagonale à bords relevés en

trembleuse pour porter la tasse, qui est décorée, ainsi que la soucoupe, de branches alternant avec des personnages chinois en relief. — Blanc de Mennecy.

Haut., 10 cent.; larg., 15 cent.

131 — Moutardier et fourchette décorés en relief de rocailles et de branches courantes. — Marque D. V.

132 — Pot de toilette à branches fleuries en relief. — Marque D. V. en bleu.

Période primitive japonaise polychrome.

133 — Figurine représentant une marchande ambulante. Elle porte sur le dos un ballot de marchandises ; devant elle, une boîte ; sa robe est décorée de dessins orientaux poly-chromes.

Haut., 10 cent.

134 — Poussah chinois accroupi. Ses vêtements sont décorés de riches rinceaux multicolores. — Le même sujet appartient au musée de Sèvres et est marqué D. V.

Haut., 11 cent.

135 — Tasse obconique festonnée et contournée ;
un dragon de couleur verte et rouge prend
l'anse dans les enroulements de sa queue ;
décor de branches fleuries et d'oiseaux pla-
nant, ornements de diverses couleurs. —
Marque D. V.

Haut., 5 cent.; diam., 8 cent.

136 — Tasse à lambrequins polychromes et
fleurons rouges reliés par des guirlandes
de perles ; décor rapprochant du style des
ferronneries de Rouen.

Haut., 8 cent.; diam., 8 cent.

137 — Bougeoir à base renflée garnie de godrons,
décor d'arbres fleuris polychromes entre
lesquels sont disposés trois motifs d'oiseaux
sur terrasse.

Haut., 6 cent.

138 — Deux pommes de canne à décors de Chinois
polychromes. — Marque D. V. en noir.

Groupes et Figurines polychromes.

139 — Deux figurines : singe et guenon en costume Louis XV. Une partie des vêtements est

de couleur jaune; le reste de l'ajustement est orné de fleurettes; ils se tiennent appuyés sur deux vasques à contours de rocailles qui servent de baguiers; ces pièces sont rehaussées d'or, ce qui en signale la fabrication comme tout exceptionnelle. (L'emploi de l'or était interdit et réservé aux manufactures royales.)

Haut., 15 cent.; larg., 11 cent.

140 — DEUX GRANDES PIÈCES sur terrasse : berger et bergère en costume du temps de Louis XV : l'homme en culotte courte et chapeau rose, la femme porte la jupe courte à dessins de fleurettes. Il offre une rose, on la refuse. Près d'eux, un vase à parfums dit pot-pourri placé près d'un tronc d'arbre, contre-socle en bronze à ornements de rocailles ciselés et dorés.

Haut., 22 cent.; larg., 37 cent.

141 — GROUPE à sujet pastoral de musiciens vêtus de costumes Louis XV; la femme accompagne au battement du tambour un instrument à cordes que tient l'autre personnage ajusté de vêtements roses couverts de fleurettes; ils sont élevés sur rocher en

porcelaine avec contre-socle en bronze doré
à ornements de rocailles. — Marque D. V.

Haut., 23 cent.; larg., 13 cent.

142 — Vase pour contenir des fleurs plantées,
placé sur un socle élevé, décoré de bouquets
de fleurs; il est accosté de deux dogues qui
s'élancent l'un sur l'autre.

Haut., 18 cent.; larg., 30 cent.

143 — Figurine d'enfant tenant un cygne dans
ses bras; il est couché sur une terrasse en
porcelaine; derrière lui, un vase Médicis
élevé sur un socle est décoré de bouquets de
fleurs.

Haut., 16 cent.; larg., 17 cent.

144 — Figurine d'un joueur de vielle sur socle-
terrasse en porcelaine et contre-socle en
bronze doré.

Hauteur, tout compris, 24 cent.

145 — Candélabres a deux lumières, formés
d'arbrisseaux au pied desquels sont enchâssés
dans des terrasses à rocailles dorées deux
figurines de jardinier et jardinière en costume Louis XV. — Marque D. V.

Haut., 29 cent.; larg., 18 cent.

146 — FIGURINE DE JEUNE FEMME assise, sur terrasse en porcelaine; elle tient dans ses bras une corbeille de fleurs et de raisins, contre-socle en bronze doré. — Marque D. V. en creux.

Haut., 18 cent.

147 — DEUX TOUTES PETITES FIGURINES DE MARCHANDES DE FRUITS ET DE FLEURS, en costume Louis XV, sur terrasse en porcelaine et contre-socle en bronze.

Haut., 11 cent.; larg., 4 cent.

148 — OISEAU sur socle élevé, à décor de bouquets de fleurs.

Haut., 14 cent.

149 — GRAND VASE forme tulipe à piédouche, à dépression et renflement à la partie inférieure de la panse, décor de branches fleuries, disposées en guirlande.

Haut., 17 cent.

150 — PETITS VASES godronnés à godrons droits au culot et à godrons en spirale au col, forme ovoïde, décorés de larges bouquets de fleurs.

Haut., 12 cent.

151 — PETIT POT DE TOILETTE à cartels de paysages, en camaïeu rose, entourés d'un cadre fleuri et séparés par des bouquets de fleurs, couvercle également à fleurs. — Marque D.V. en creux.

Haut., 11 cent.

152 — SOLITAIRE composé d'un plateau, d'une tasse et sa soucoupe et d'une cafetière. — Deux pièces marquées D.V.

Long., 22 cent.

153 — PRÉSENTOIR A FRUITS, ou présentoir bombonnière à deux bassins, en coquille montée en argent avec piédouche en por,elaine et brandon de même, décoré de fleurs et d'insectes. — Marque D.V.

Haut., 20 cent.; larg., 49 cent.

154 — SUCRIER à sucre cassé, à décor en relief, sous émail, et à décor peint en couleur, de bouquets semés et de rubans enroulés autour d'une tige fleurie. — Marque D.V.

Haut., 10 cent.; larg., 10 cent.

155 — TROIS PIÈCES : Sucrier de même usage, décoré d'oiseaux posés sur terrasse, à couvercle

de même décor, bouton formé par celui d'une
rose; une tasse et une soucoupe de même
décor.

Haut., 10 cent.; larg., 9 cent.

156 — PLATEAU à quatre lobes, décoré de cartels
à encadrements Louis XV, contenant des papillons et des mouches en camaïeu violet.

Long., 25 cent.; larg., 23 cent.

157 — DEUX MOUTARDIERS en forme de baril, l'un
à soucoupe adhérente, l'autre sans soucoupe;
décor de bouquets de fleurs sur les deux
pièces. — Marque D.V.

158 — DEUX ASSIETTES à bords festonnés, marli de
grains d'orge en relief à six bouquets de fleurs
semés, et un large bouquet de fleurs au
centre.

Diam., 24 cent.

159 — POT DE TOILETTE, corbeille à couvercle et
petit vase sur piédouche, les trois pièces décorées de fleurs et de guirlandes.

160 — DIX POTS A CRÈME décorés de fleurs en
bouquets détachés, avec leurs couvercles go-

dronnés de filets en relief, courbés et convergeant vers le bouton central, formé par un fruit. — Marque D.V.

161 — Théière, sucrier, t..sse et soucoupe, décorés de fleurs à bouquets détachés, porcelaine tendre. — Marque D.V.

162 — Socle et vase de forme Médicis, décorés de fleurs à bouquets détachés. — Marque D.V.

163 — Pot a poudre avec couvercle, surmonté d'une fleur en relief et peint de fleurs à bouquets détachés. — Marque D.V.

164 — Cabaret (solitaire), composé de quatre pièces: cafetière, sucrier, tasse et soucoupe, à décors de fleurs, en bouquets détachés ; le tout contenu dans une boîte-écrin en fine marqueterie de bois de violette, disposé en quadrilles losangés.

165 — Quatre pièces : deux cafetières à anses contrariées, sans couvercle, tasse à sujets pastoraux et cuiller à sucre en poudre ; deux pièces. — Marque D.V.

166 — POT A POUDRE ET SAUCIÈRE à décor de fleurs
et bouquets semés.

Fabrique de Mennecy, décor bleu.

167 — POT DE TOILETTE avec couvercle en cuivre
argenté, bordure de fleurons à la partie supérieure et filet bleu à la base, et plateau à quatre
lobes de semblable décor. Sur les deux pièces,
la marque D.V. en creux.

168 — DESSUS DE POT DE TOILETTE ET SOUCOUPE,
décors de lambrequins et rinceaux. — Une
pièce marquée D.V.

169 — TASSE ET SOUCOUPE de décor identique,
marqué d'une très large fleur de lis en creux
dans la pâte; très intéressante pièce, au point
de vue de l'histoire de la porcelaine. — La
marque à la fleur de lis ainsi disposée n'est
donnée dans aucun ouvrage.

170 — ÉCUELLE ET SUCRIER à sucre cassé, décor
de branches fleuries en camaïeu bleu. —
Marque D.V. en creux.

171 — THÉIÈRE à deux parties godronnées, à
anse torse et à dessin camaïeu bleu.

PORCELAINES DIVERSES

Pâte tendre d'Orléans.

Sous la protection du duc d'Orléans.

172 — POT A EAU décoré de branches légères et fleuries, terminées par des branches graminées. — Marque au Lambel.

173 — MOUTARDIER de même décor, à plateau adhérent à bords contournés. — Marque au Lambel et la lettre C.

174 — PAIRE DE BOUCLES DE SOULIERS en porcelaine tendre d'Orléans.

Porcelaine de Sceaux.

Sous la protection du duc de Penthièvre.

DÉCOR POLYCHROME

175 — THÉIÈRE à décor de sujets pastoraux sur les deux faces de sa panse ovoïde. — Marque S. X.

Haut., 11 cent.

176 — Écuelle à anses enlacées, décorée de cartels, de sujets champêtres encadrés de branchages.

Diam., 12 cent.

177 — Pot a crème marqué d'une ancre en creux,
cette marque vient de ce que le protecteur
était grand amiral de France.

178 — Pot de toilette, essai de rose fait à cette
fabrique. — Marque : une ancre en creux.

DÉCOR BLEU CAMAÏEU

179 — Éteignoir à dessins de rocailles et de
fleurs. — Marqué d'une ancre en bleu.

180 — Tasse à légers décors de feuillages termi-
nés par des tiges de graminées. — Marque S X
en creux.

Porcelaine de Bourg-la-Reine.

DÉCOR POLYCHROME

181 — Tasse et soucoupe à décor d'oiseaux sur
terrasse. — Marque B. R.

182 — Pot de toilette à couvercle mi-sphérique
à décor de bouquets de fleurs semées.

Haut., 10 cent.; diam., 8 cent.

183 — Pot a crème et cafetière, même décor
que le précédent. — Marque B. R. en creux.

Porcelaine d'Arras.

PATE TENDRE

184 — Théière et sucrier, tasse et soucoupe,
décors en amaïeu bleu, séparés en quatre
compartiments par des filets qui les circons-
crivent, ils sont remplis par des branchages
fleuris qui s'élèvent de la base, qui est ornée
de larges dents de loup. — Marque A. R.

185 — Pot a eau et sa cuvette; un joli mascaron en relief à tête humaine orne le déversoir
du pot à eau, les bords contournés des deux
pièces sont ornés de dents de loup et de
guirlandes de feuilles s'enroulant sur un filet
en camaïeu bleu, comme le décor des deux
pièces.

186 — Pot au lait à bec au déversoir, même

décor que la pièce précédente, une saucière et une petite tasse à couvercle. — Marque A. R.

187 — ASSIETTE à double écusson : à dextre trois tours sur champ d'or, à la face chargée de trois étoiles, et à senestre bandée d'azur sur fond d'argent, décor bleu. — Marque A R.

188 — ASSIETTES à bords contournés, bouquets semés sur le marli, fleurs en bouquets au centre. — Marque A R en rouge.

Lille.

189 — DEUX TASSES ET SOUCOUPES dites cul-de-poule, et une soucoupe dans le genre Saint-Cloud, décor camaïeu bleu à lambrequins. — Marque L. I. F.

PORCELAINES ÉTRANGÈRES, PATE TENDRE

Tournay.

190 — SOUPIÈRE AVEC SON PLATEAU ET ASSIETTE à décor camaïeu bleu, marquée de la lettre M, placée au-dessus de deux épées croisées et les

intervalles du croisement remplis par de petites croix en camaïeu bleu.

191 — Saucière de même fabrique et à décor de fleurs sur branchages. — Marque S. M.

192 — Trois assiettes à bords gaufrés et contournés, remplis par intervalles de grains d'orge, décor de bouquets de fleurs.

Porcelaines anglaises.

193 — Encrier et petit plateau, décor en camaïeu bleu marqué d'un croissant, fabrique de Worcester.

194 — Flambeau de bureau à cacheter à la cire, marqué en rouge, de la couronne fermée et du D., et une tasse décors d'oiseaux reposant sur terrasse. — Marque de l'ancre en rouge Derby.

195 — Tasse, soucoupe et pot de toilette, décorés en camaïeu bleu.

196 — Vase ovoïde à base obconique et tasse por-

tant des décors de personnages chinois en camaïeu bleu. — Marque S et une croix, et une imitation de marque de Chine.

Porcelaine de Venise.

197 — TROIS ASSIETTES à décors imitation des décors paoniens de la Chine.

198 — TRÈS JOLIE TASSE ET SA SOUCOUPE, les deux pièces portant les armoiries du primitif possesseur. — Marque en rouge d'une ancre.

199 — ASSIETTE porcelaine, décorée dans le style rayonnant à trois compartiments reliés par une rosace centrale et décorés de fleurs dans les réserves. — Marque à l'ancre en rouge.

Porcelaine tendre d'Alcora. (Espagne.)

200 — BOL ET TASSE en pâte tendre espagnole, décor de fleurs. — Marque A.

201 — ASSIETTE à décor de fleurs. — Marque A.

Porcelaine de Marieberg. (Suède.)

202 — PETIT POT A CRÈME d'un joli décor en camaïeu rose. — M. B. et trois couronnes.

Sous la direction de Bertevin, transfuge de la manufacture de Sèvres.

TERRES ÉMAILLÉES

Bernard Palissy et ses continuateurs

203 — STATUETTE DE JOUEUR DE TAMBOUR; le personnage, coiffé d'un large chapeau, porte la casaque et la culotte arrêtée aux genoux, en émail multicolore.

Manque aux suites du musée du Louvre.

Haut., 24 cent.

204 — STATUETTE ÉQUESTRE DE JEUNE HOMME revêtu d'une armure et tête nue; sur une base rectangulaire jaspée de bleu et de brun, repose le cheval également jaspé de différentes couleurs.

On ne connaît pas jusqu'ici d'autres spéci-

Nº 203.

Nº 204.

mens de statuette équestre dans le genre émaillé de Palissy.

Manque aux suites du musée du Louvre.

Haut., 34 et 37 cent.

205 — STATUETTE DE VIERGE couronnée à longue chevelure pendante et portant l'Enfant Jésus sur base oblongue hexagonale, portant en relief l'inscription I. H. M.

Même observation.

Hauteur totale, 56 cent.

206 — STATUETTE DE VIERGE à longue chevelure pendante et portant l'Enfant Jésus.

Haut., 265 millim.

207 — SOULIER dans la forme des chaussures du XVIe siècle, pièce primitive de Palissy, terre de Saintes.

Manque aux suites du musée du Louvre.

Long., 16 cent.

208 — FONTAINE quadrangulaire, porte sur la face un décor en relief sur fond de rocaille : la Vierge tenant l'Enfant Jésus ; coquillages et reptiles.

Haut., 28 cent.

209 — PETIT VASE ovoïde, à piédouche, col évasé
et deux anses formées par des têtes de coq;
fond jaspé violet; décor en relief, teinté en
bleu, blanc et jaune, de mascarons reliés par
des draperies, feuilles d'acanthe et godrons.
— Palissy.

Manque aux suites du musée du Louvre.

Haut., 14 cent.

210 — GRAND PLAT ovale décoré de poissons, reptiles, crustacés, coquillages et papillons; fond
et revers jaspé bleu et violet de manganèse.
— Palissy.

Long., 50 cent.

211 — PLAT ovale à cuvette centrale entourée de
quatre salières rondes, alternant avec quatre
enfants en relief, agenouillés et portant des
attributs guerriers; le fond et le revers sont
jaspés en blanc, jaune, vert et violet de manganèse. — Palissy, dit plat des quatre génies.

Long , 285 millim.

212 — PLAT ovale à piédouche, fond jaspé bleu,
blanc et violet de manganèse, à marli fond
bleu, décoré en relief d'ornements et rinceaux

feuillus verts à fleurs blanches, coupé par quatre médaillons ovales réservés. — Palissy.

Long., 32 cent.

213 — PETIT PLAT ovale, à piédouche et bord évasé, godronné et dentelé; au fond, un cartouche contenant le buste de Marie de Médicis de profil, sur fond vert; au-dessus, la couronne de France supportée par deux enfants ailés, debout, tenant des palmes. — Palissy.

Manque aux suites du Louvre.

Long., 26 cent.

214 — COUPE ronde à piédouche, jaspée bleu et violet de manganèse; au fond, un berger jouant des pipeaux et une bergère tenant une houlette, gardant leurs moutons. — Palissy.

Diam., 20 cent.

215 — COUPE à piédouche et bord évasé, composé de fleurettes dressées symétriques; fond ajouré de rinceaux, entrelacs, mascarons et fleurons, revers marbré de brun, jaune, vert et violet de manganèse.

Diam., 27 cent.

216 — Coupe de même forme, à bordure semblable et fond marbré. — Pré-d'Auge.

Diam., 27 cent.

217 — Écuelle hémisphérique à deux oreilles formées par des têtes de chérubin; l'intérieur et l'extérieur sont marbrés de blanc, vert et violet et semés de points bleus. — Pré-d'Auge.

Diam., 15 cent.

218 — Coupe oblongue, à deux lobes, en forme de coquilles, fond chamois à bandes brunes et bleues.

Long., 25 cent.

219 — Coupe ovale, élevée sur piédouche, à marbrures blanches, jaunes et vertes.

Long., 19 cent.

220 — Coupe oblongue, à marbrures brunes, dont l'une des extrémités est bordée de dentelures à palmettes en relief, teintées en blanc, bleu et vert; au fond, une femme nue, couchée, tenant deux cornes d'abondance. — Palissy.

Long., 20 cent.

221 — PETITE COUPE ovale recouverte en partie
par une paroi ornée d'un mascaron ; l'extérieur porte des bandes émaillées en bleu,
violet, vert et jaune.

Long., 14 cent.

222 — FOND DE COUPE ronde à fond jaspé et pointillé, le sujet représente l'enfance de Bacchus.
— Pré-d'Auge.

223 — GOURDE de forme ovoïde, aplatie, ornée
de mascarons et d'enfants à mi-corps, d'où
partent des rinceaux en volutes, goulot élevé
et orné au départ de deux anses enroulées.

Haut., 24 cent.

224 — PARTIE SUPÉRIEURE D'UN ÉPI DE FAITAGE
formé par un oiseau de proie. — Pré-d'Auge.

Haut., 60 cent.

225 — DEUX SOMMETS D'ÉPIS DE FAITAGE formés,
l'un par une sirène, l'autre, par un triton portant des attributs. — Pré-d'Auge.

Haut., 34 cent. et 37 cent.

226 — SOMMET D'ÉPI DE FAITAGE, statuette de femme nue portant une branche de lis fleurie. — Pré-d'Auge.

Haut., 30 cent.

227 — GRANDS ÉPIS DU PRÉ-D'AUGE portés sur leurs tiges de fer et leurs tuiles faîtières ; ce numéro comprendra cinq pièces de différente hauteur, et sera divisé. — Pré-d'Auge.

Haut., 1 m. 85 cent. et 1 m. 40 cent. et 1 m. 20 cent.

228 — PETITE STATUETTE DE FEMME à longs cheveux tombants, assise sur un cygne. — Pré-d'Auge.

Haut., 125 millim.

229 — VIERGE PORTANT L'ENFANT JÉSUS, à émaux couleur jaune et verte. — Pré-d'Auge.

Haut., 235 millim.

230 — PICHET formé d'une figurine de femme coiffée d'une cornette, dont la portion saillante forme déversoir ; émail blanc, vert et brun. — Pré-d'Auge.

Haut., 32 cent.

231 — GOURDE de forme ovoïde aplatie, à anneaux-

portoirs sur les côtés de la panse jaspée en
mouchetures de brun, figures de chérubins en
relief. — Pré-d'Auge.

Haut., 225 millim.

232 — Cruche à anse torse, de forme ovoïde, à
goulot évasé et à déversoir émail brun recou-
vrant un pointillé en relief. — Pré-d'Auge.

Haut., 28 cent.

233 — Baril cerclé d'ornements en relief en
émail brun strié. — Pré-d'Auge.

Haut., 15 cent.

234 — Gourde avec goulot abaissé, forme ovoïde
aplatie ; sur les panses, sujet de la Samaritaine
deux fois répété. — Pré-d'Auge.

Haut., 17 cent.

235 — Éléphant sur base carrée verte, l'animal
en jaune et brun, et une coupe à godrons de
même émail feu de la fabrication du Pré-
d'Auge.

236 — Statuette équestre de saint George

TERRASSANT LE DRAGON, terre émaillée en brun.
— Avignon.

Haut., 35 cent.

237 — STATUETTE DE SIRÈNE COUCHÉE SUR UN POISSON qu'elle enlace; l'animal, la gueule ouverte, forme vase.

238 — PORTE-HUILIER ajouré et petit vase à surprise à galeries en terre émaillée. — Avignon.

239 — BUIRE à deux goulots opposés, corps ovoïde et piédouche, entièrement émaillée en vert et décorée de reliefs : sur une face, un écu armorié entouré d'entrelacs ; sur l'autre, trois personnages debout et quatre fleurs de lis. — Beauvais.

Haut., 265 millim.

240 — POT A SURPRISE à deux anses, corps ovoïde godronné au culot, piédouche et col ajouré de bandes perpendiculaires ; l'ouverture porte deux déversoirs formées par des têtes de serpents ; deux têtes semblables se dressent sur le bord au point d'attache des anses ; émail vert. — Beauvais.

Haut., 24 cent.

241 — Petit soulier entièrement émaillé en vert.

Long., 12 cent.

242 — Bouteille à corps ovoïde aplati, portant de chaque côté trois attaches saillantes destinées au passage d'un cordon ; long col cylindrique à ouverture évasée ; décor en relief ; sur chaque face, deux lions héraldiques debout, affrontés ; émail jaunâtre jaspé de bleu, de vert et de brun.

Haut., 35 cent.

243 — Cruche à anse torse, corps ovoïde, piédouche et col cylindrique cerclé d'un filet saillant ; émail brun clair ; décor de rosaces et palmettes en relief émaillées en blanc et vert. Monture à couvercle en étain.

Haut., 36 cent.

244 — Buire à corps campanulé élevé sur piédouche, anse rectangulaire et déversoir en bec ; la partie supérieure est fermée par un faux couvercle surmonté d'un bouton et pourvu d'une charnière ; émail brun ; décor en relief partiellement émaillé en blanc et vert : rosaces et palmettes séparées par des filets saillants ornemanisés.

Haut., 20 cent.

245 — C**ruche** ovoïde à anse et piédouche, émaillée en gros bleu et décorée en relief de bandes perpendiculaires composées de losanges superposés et émaillés en blanc.

Haut., 28 cent.

246 — N**iche** à ouverture ogivale surbaissée, surmontée d'un fronton triangulaire s'enlevant sur une paroi semée de fleurs de lis en relief ; émail jaune d'ocre. Dans la niche, est placée une figurine de la Vierge en terre peinte.

Haut., 26 cent.

247 — B**énitier** à récipient godronné rattaché à une partie plate terminée en fronton triangulaire et portant en relief une image de la Vierge sous une arcade soutenue par des pilastres côtelés ; émail jaunâtre, taché de brun et de vert.

Haut., 20 cent.

248 — B**énitier** décoré de rocailles, coquillages, fleurettes et feuillages.

Haut., 25 cent.

249 — P**laque** cintrée décorée en relief d'une

tête d'homme coiffé d'un chapeau, sur un fond de coquilles et rocailles.

Haut., 175 millim.

250 — Pot à anse, partiellement émaillé en jaune.

Haut., 195 millim.

251 — Petite figurine de chevalier armé d'un glaive et portant un écu triangulaire ; il s'appuie contre une coupe hémisphérique à bord plat polygonal, terre partiellement vernissée.

Haut., 13 cent.

252 — Gargoulette ovoïde, à piédouche surmonté d'un buste de femme en costume du temps de Louis XIII ; émail jaune marbré de manganèse, de bleu et de jaune.

Haut., 275 millim.

253 — Quatre bénitiers à sujets religieux en relief et de diverses nuances d'émail. — Fabrique de Ligron, Sarthe.

254 — Vase accompagné d'un cerf ; le vase dis-

paraît sous la ramure et le corps de l'animal. — Ligron.

255 — Vierge portant l'Enfant Jésus en émail jaune teinté de vert. — Ligron.

256 — Statuette d'Indien coiffé d'un turban et tenant un flambeau d'une main, de l'autre un vase de terre émaillée à reflets plombifères, de Noron (Manche).

Haut., 3o cent.

257 — Grand vase à balustrade d'arceaux ajourés en terre, couverte du même émail. — Fabrique de Noron.

Haut., 3a cent.

Pièces de fabrication moderne

Signées par les continuateurs de Palissy.

258 — Coupe sur important piédouche décoré de rustiques et de serpents ; la coupe est formée d'un grand plat à décor de mascarons à marli recouvert de coquillages et de feuillages. — Signé sur les deux pièces du nom d'Avisseaux père, à Tours.

Haut., 3a cent.; long., 55 cent.

259 — Plat-coupe à godrons. — Signée Pull. Paris.

260 — Buire et petit plat ovale décorés de reptiles. — Signés Landais, à Tours.

261 — Plaque représentant le Couronnement de la Vierge et un petit plateau à quatre lobes, décor de feuillage en relief. — Signé Landais, à Tours.

262 — Gourde ovoïde à col cylindrique, de forme aplatie; copie d'une pièce de la collection, par M. Constant. — Pré-d'Auge.

263 — Plateau à serpent enroulé sur fond d'émail vert. — Fabrique de Rubellen.

FAIENCE DE ROUEN

Primitive époque.

Il y a, au musée de Rouen, un plat à large marli timbré des armoiries de Poterat, qui porte la date de 1647. Ce sont des pièces de même genre que nous décrivons.

264 — Plat à cuvette centrale et à large marli

timbré d'un double blason à dextre ; deux étoiles en chef séparées par un croissant levé chargé de trois cloches ; à senestre au chef de trois étoiles, en pale ; un bras tenant élevée une épée nue ; décor polychrome.

265 — PLAT semblable ; sur le marli, blason surmonté d'un casque à panaches ; l'écu chargé d'un croissant d'où naissent des branches fleuries séparant les deux initiales C. R. ; même décor.

266 — SALIÈRE élevée sur haut piédouche ; sous le récipient, armoirie à double écu à dextre, trois tours, à senestre, un chevron ; même décor.

267 — DEUX ASSIETTES à large marli, portant chacune un blason : sur l'une, ligne vivrée séparant deux étoiles ; sur l'autre, colonnettes disposées une, deux et trois, puis deux et une ; même décor.

268 — PLAQUE PORTE-FLAMBEAU. Ces sortes de plaque, souvent attribuées à Nevers, nous semblent être de Rouen ; celle qui nous nous occupe est accompagnée de l'inscrip-

tion : Nicolas, puis un autre nom gratté et la date 1671. Même décor.

269 — PLAT ovale à armoirie centrale; deux étoiles séparées par un soleil en chef, un groupe de flammes s'élevant en pale ; même décor.

270 — GRAND PICHET décoré en bleu avec rehaut de vert et de jaune : Adam et Ève sous le pommier. Sur le déversoir, une tête de chérubin; au revers, la date 1688.

> Haut., 33 cent.

271 — ASSIETTE à large marli, décorée d'un écu armorié d'azur et trois étoiles, et au chevron d'or entouré d'une couronne de lauriers.

272 — CARREAUX DE CARRELAGE du château d'Écouen, exécutés à Rouen au XVIe siècle, montés en dessus de table avec bâtis en bois sculpté.

Deuxième époque, vers 1690.

273 — POT A EAU ET PLAT ovale, dessins à courants de fleurs dans le style des ornements

chinois de pivoines fleuries ; au centre du plateau sont représentés des vases et cornets de la Chine ; décor bleu.

274 — PLATEAU sur piédouche à double armoirie et couronne de marquis à dextre, croix chargée de cinq coquilles cantonnées dans chaque branche de quatre alérions fascés et à senestre, trois fasces disposées une et deux ; décor bleu.

275 — PLAT VANETTE et à décor bleu ; au centre, des constructions ; à droite et à gauche, des personnages en costume Louis XIV semblant donner des ordres pour les constructions à leurs pieds ; sur terrasse, petits musiciens et danseurs en costumes Louis XIV.

Décor de jaune ocré.

276 — SUCRIÈRE pour sucre en poudre, en forme de balustre, à couvercle en dôme ajouré, décor de lambrequins en bleu et larges bordures

fond jaune d'ocre à rinceaux noirs, mascarons et ornements en bleu. — Monture en étain.

Haut., 23 cent.

277 — BOITE A MOUCHES rectangulaire à pans coupés, décorée, en bleu et jaune, de rosaces et de fleurons; à l'intérieur du couvercle, un portrait de femme appliquant les mouches sur son visage dans un médaillon ovale encadré de jaune d'ocre. — Monture à charnière en cuivre doré.

Long., 95 millim.

278 — PAIRE DE PETITS SOULIERS à talons élevés, décorés d'une bande, fond jaune ocré à rinceaux noirs.

Long., 105 millim.

Décor bleu.

279 — PICHET pot à surprise de style rayonnant, à riches lambrequins et guirlandes ; deux ombilics, repercés à jour sur la panse, semblent ne pouvoir permettre au vase de contenir le liquide ; au-dessous de la partie

décorée on lit : Maître Thomas de la Mare, prestre habitué à Saint-Laurent.

Saint-Laurent est une ancienne église de Rouen.

280 — PLATEAU sur piédouche, presque entièrement couvert de lambrequins bleus à réserve de blanc, d'une belle exécution.

281 — HUILIER AVEC SES BURETTES en faïence, de même décor ; le porte-burettes porte sur ses deux godets la même armoirie deux fois répétée : un lion passant à gauche, avec deux lions en supports.

282 — MÉNAGÈRE à deux couvercles avec charnière en étain, décors de lambrequins.

283 — BOITE A THÉ à pans coupés, ornements au centre en frises à réserves, à lambrequins sur le dessus (une semblable pièce à la vente Michel Pascal.)

284 — TASSE à compartiments rayonnants. avec remplissage d'ornements en bleu : bol à deux anses, daté de 1725, et petit plateau de même époque.

285 — Deux saucières différentes, curieuses de
forme, l'une formant petit plateau à double
déversoir ; l'autre ouverte sur le dessus, est
munie d'une anse et d'un bec comme une
tasse de malade.

286 — Trois pièces : salière, moutardier et sucrière à poudrer le sucre, de forme cylindrique et s'élevant en cône ; marques intéres-
santes sous cette dernière.

287 — Compotier à godrons et bords dentelés et
une pièce de surtout d'un joli décor en bleu
rayonnant et de fleurs ; l'un marqué I. B. et
une fleur de lis, l'autre, marqué d'une étoile.

288 — Encrier à deux plans superposés, garni
de balustres et d'une plaque de fond, portant
les lumières ; décor de lambrequins bleus.

289 — Trois assiettes, dont deux armoriées,
deux étoiles en chef, un chevron, et en pal,
un arbre croissant ; l'autre, à double armoirie
à dextre, bande d'azur verticale sur argent
à senestre, lion passant à droite sur même
champ.

290 — Deux autres assiettes de style rayonnant, lambrequins dirigés vers le centre, et l'autre, étoile rayonnant en bleu à réserve, dirigée vers les bords.

291 — Assiette a aria (Air : *Ne m'entendez-vous pas ?*), devise :

> Quand je vois vos beaux yeux,
> Je me sens tout de flâme,
> Et je goûte dans l'âme
> Tous les plaisirs des dieux.

292 — Bougeoir à anse, formée par un serpent enroulé, décor bleu de lambrequins fleuronnés.

Diam., 15 cent.

Ornements polychromes.

293 — Auge rectangulaire, partie antérieure d'un encrier et destinée à recevoir des plumes, décor de ferronnerie polychrome.

Long., 245 millim.

294 — Savonnette sphérique à couvercle ajouré, décor de bordures d'ornements à fonds par-

tiels, quadrillés en bleu et rouge, monture en
étain.

Diam., 11 cent.

295 — Vase cylindrique à base élargie, décors
en bleu et jaune, de fonds partiels quadrillés,
paniers fleuris et draperies.

Haut., 18 cent.

296 — Petit pot cylindrique à anse, décoré de
fleurons et rinceaux en bleu. rehaussé de
jaune.

Haut., 65 millim.

297 — Assiette à armoirie, centre armorié surmonté de la couronne de marquis, fond d'azur
chargé de deux étoiles d'argent, d'un chevron
d'or et d'un croissant également d'argent, remarquable par la couleur verte bleuâtre
employée dans la décoration du marli.

298 — Assiette à double armoirie à couronne
ducale; au centre, trois pommes de pin sur
champ d'azur à senestre, croix patée cantonnée de quatre hermines disposées en sautoir; marli à réserve, en bleu et rouge
rouille.

299 — ASSIETTE à lambrequins à réserve et rouge
rouille, dirigés vers le centre, frise d'arabesques, de même couleur entre le marli et le
vase central qui est traité dans le même goût.

300 — ASSIETTE, marli à bordure polychrome,
sujet central représentant saint Jean avec
l'agneau; au-dessous du médaillon, se lit :
Jean-Jacques Laisre 1752.

301 — POT A SURPRISE; décor divisé en cinq lobes
sur la panse par des balustres rayonnants;
fond bleu rehaussé de rouge brique, remplissage de fleurs dans les parties lobées.

302 — GOURDE renflée, au centre, d'une partie
ombilicale sur laquelle est peinte la toilette
de Vénus, lambrequins au pourtour; entre
les deux attaches inférieures de la suspension,
la date 1735.

303 — FLAMBEAU à tige renflée; décor bleu et
rouge brique.

304 — PETIT VASE DE PHARMACIE, orné de lambrequins très fins à cartouche, surmonté de la
couronne royale, fleurdelisée en bleu, à
réserve et jaune chrome.

305 — Assiette et petit vase (tasse de dégustation pour le vin) en décor jaspé; sur le marli de l'assiette, quatre bustes d'empereurs romains.

306 — Tasse en faïence de Rouen et soucoupe marque N. P., rouge brique, bouquets de fleurs.

307 — Bénitier surmonté d'une coquille rouge brique et vert; sur le bassin, un joli paysage polychrome.

Décor polychrome, style à la corne terre épaisse

308 — Trois jardinières, une grande et deux moyennes; les deux dernières, de décoration identique, sont signées, l'une Dieul et l'autre Gardin, ces deux décorateurs travaillaient donc dans le même atelier.

309 — Plat octogone; sur le marli, armoirie surmontée de la couronne de marquis au chef de Malte, chevron accotté de trois trèfles.

310 — Assiette à bords contournés à armoirie
centrale, à la bande d'or ; sur le champ d'azur
en pal, un bras tenant une épée élevée :
devise : *Manus ad astra claritat. vinc.
dextera.*

311 — Assiette ornée de branches fleuries, jetées
éparses sur le marli et le fond ; elles partent
d'une partie représentant une pièce d'eau,
dans laquelle se baignent deux cygnes.

312 — Très belle assiette à décor de ferronneries et guirlandes aux cinq couleurs.

313 — Assiette du même style, avec remplissage
de vermicellés noirs, chargés de fleurs ; au
centre, deux corbeilles fleuries, au-dessus
desquelles volent des papillons et essort un
oiseau.

314 — Deux assiettes : l'une à rocailles, près de
laquelle s'élève un socle sur lequel repose un
vase rempli de fleurs polychromes et de rinceaux de feuillages ; l'autre à décor plus sim-
ple, bord contourné.

315 — Deux assiettes contournées, un vase a boire, un moutardier et deux soucoupes.

Sur les assiettes et sur le vase à boire, se lit le nom de Julien Fleury, date 1754, sur les premières, 1758 sur les secondes.

316 — Deux groupes : statuettes représentant Bélisaire, conduit par un enfant, et Sully aux pieds de Henri IV; fabrique de M. de la Mettairie.

FAIENCES DE NEVERS

Primitive époque.

317 — Gourde à deux renflements, décor polychrome de sujets mythologiques, divinités maritimes et monstres marins.

Haut., 24 cent.

318 — Écuelle couverte à deux oreilles latérales, décorée en bleu et jaune; au fond, un sujet : un roi sur son trône, personnage agenouillé et gardes; sur le couvercle, des arabesques entourant une armoirie; sur le bord, l'ins-

cription : *Marie Leboucher. — Pierre Bour-
rier*.

Diam., 14 cent.

319 — PLAT à large marli décoré en bleu pâle de
bordures et fleurs ornementales ; au fond, un
oiseau en jaune.

Diam., 31 cent.

320 — ASSIETTE à décor polychrome : un berger
aux genoux d'une bergère dans un paysage.

Diam., 20 cent.

321 — ASSIETTE à large marli à décor bleu de
style chinois et armoirie timbrée d'un casque
à lambrequins en bleu et jaune.

Diam., 24 cent.

322 — PETITE ASSIETTE à décor bleu de fleurs et
d'oiseaux et armoirie polychrome.

Diam., 16 cent.

323 — PETIT PLATEAU gros bleu décoré en blanc
et jaune, un oiseau et des tiges fleuries.

Diam., 125 millim.

324 — PLAQUE octogone encadrée d'une moulure
décorée de rinceaux noirs sur fond jaune; au
centre, des chevaux marins.

Long., 24 cent.

325 — GOURDE à double armoirie entourée de
feuillages à deux tons, vert et bleu, à dextre
sur champ d'azur, en chef deux étoiles d'or,
un croissant d'argent et une en pale à senestre, bandes d'or en sautoir cantonnées en chef
d'une figure humaine, à droite et à gauche
de deux étoiles et en pale d'un croissant.

326 — Autre petite gourde à double armoirie
dans un cartouche, à cuirs enroulés à dextre,
arbre croissant à senestre, léopard passant à
droite puis une saucière à relief copiée d'après
les pièces de Palissy, en jaune et bleu.

327 — VASE à anse double et porte-bouquet,
décor persan exécuté en vert de cuivre et en
jaune.

328 — POT DE PHARMACIE et plat à bords arrondis
et renflés, décor persan au jaune et au vert de
cuivre.

329 — PETIT POT à deux anses et assiette, cette
dernière en bleu monochrome, l'autre rehaussé de jaune.

330 — DEUX ASSIETTES traitées en sujets pastoraux italiens, l'une en bleu bluetté, l'autre
entièrement au manganèse.

Époque dite « des Conrad ».

Décor bleu, trait au manganèse.

331 — TRÈS BEAU PLAT représentant des cavaliers
partant pour la chasse au faucon. Cette pièce,
traitée au manganèse, est décrite dans l'ouvrage de Dubroc de Ségange, l'historien de
la faïence de Nevers, et il en donne la marque
comme étant celle de Jacques Seigne. +

[note manuscrite : + ici erreur - C'est celle de Jacques Bourdu, ouvrier d'Antoine de Conrade en 1636.]

332 — PETIT CORNET à fleur, même modèle que
celui de première époque du musée de Nevers.

333 — DEUX POTICHES, l'une à renflement supé-
rieur, et l'autre plus petite à deux renflements
superposés, dessins au manganèse.

334 — **Deux assiettes** dans le genre persan, à oiseaux ; l'autre, à rinceaux courants au marli, porte un vase central rempli de fleurs.

335 — Deux autres assiettes, l'une entièrement traitée au manganèse, l'autre dessinée au trait de même couleur. Décor chinois.

Période bleue monochrome.

336 — **Gourde** timbrée d'une couronne de comte, bande en sautoir cantonnée de quatre alérions fascés.

337 — **Jolie statuette** de personnage drapé.

338 — **Grand plat bleu**, ornements courants en dessin de poste au marli, Sujet : Adam et Ève.

339 — **Pot a surprise et plateau** décoré d'animaux dans le goût oriental. Le plateau porte sur le marli deux médaillons de figures en bustes : chevalier casqué et portrait de femme.

340 — **Grande paire de flambeaux** à fût et bases

carrés, ornés de godrons et de rinceaux courants.

341 — PLAT à large marli, à rinceaux avec
armoiries à la bande d'argent en chef chargé
de trois étoiles sur l'écu d'azur, la sphère du
monde surmontée d'une croix.

342 — BÉNITIER et lots de petits plateaux vide-
poches.

343 — TROIS PIÈCES : plat rond, plat ovale et
petite gourde en gros bleu de Nevers.

344 — DEUX PIÈCES : assiette ancienne contournée
en terre de pipe à décor de fleurs avec en
creux le cachet de Nevers. Plat moderne aux
armes de la ville d'Alençon, signé en creux
G. Lyons à Nevers.

PORCELAINES DIVERSES FRANÇAISES

Faïence de Saint-Cloud.

345 — QUATRE PIÈCES : trois plats hexagones, à
centre rond, et un autre également hexagone.

mais de forme oblongue. — Marque de Troux sur deux pièces : s. c. T.; sur une autre seulement la lettre T.

346 — Trois pièces : plat représentant l'intérieur d'une cuisine; une assiette exécutée pour Trianon et une autre fort intéressante à réserves de losanges et d'ovales sur le marli, avec remplissage de rinceaux courants; décor bleu. — Cette dernière marquée T.

Faïence de Sinceny et autres ayant adopté le genre rouennais.

347 — Intéressante assiette à rocailles, avec un oiseau perché sur l'un des motifs, absolument identique au Rouen dit à la Corne. — Marque S.

348 — Théière, décors de personnages chinois, sur terrasses garnies de branches fleuries. — Marque S.

349 — Deux pièces : sucrier à sucre cassé et portion de sucrière à sucre fin.

35o — Deux vases Médicis et une bouteille piri-
forme à pans coupés.

351 — Grand plateau à décor de Chinois reposant
sur une terrasse, avec balustrades et cons-
ructions dans le fond.

Faïence de Strasbourg.

352 — Grand vase, forme Médicis, orné de fleurs
en relief et de bouquets peints et détachés.

353 — Sucrière à sucre fin et saucière du même
décor de Hanong. — Marque I. H.

354 — Grand plat et plat rempli d'olives, imi-
tés en relief; ce dernier porte le chiffre de
Paul Hanong. — Marque P. H.

Faïence de Niederviller.

355 — Déjeuner composé d'un plateau avec
anses, tasse et sucrier; très jolies pièces à bouquets détachés. — Marquées N.

356 — Assiette très fine, à bouquets de fleurs détachés. — Marque N. I.

Tasse à bouquets, à la marque de Custine X.

Plateau a pot a crème. — Marqué B. A.

Faïence de Sceaux.

357 — Assiette à sujet pastoral, personnages dans un paysage en couleur. — Marque S. X.

358 — Assiette de même décor polychrome marquée d'une ancre en bleu.

Faïence de Rennes.

359 — Assiette à fond de manganèse très foncé, à réserve de six médaillons remplis par des sujets de marines, de paysages, de personnages chinois, etc., reliés par des fleurons jaunes à rosace centrale de même couleur au milieu de laquelle se trouvent deux Chinois accroupis sous un parasol.

36o — ASSIETTE à décor très original et très fin, médaillon central de fleurs courant en rinceaux ; autour d'une circonférence, huit lambrequins alternants à deux dessins et venant se terminer sur le marli fond clair au manganèse.

361 — ASSIETTE à fond de paysage chinois, avec pagodes et personnages, marli festonné à huit lobes alternant de quadrillés et de paysages.

362 — ASSIETTE, genre de Rouen, à lambrequins bleus rehaussés de filets jaunes et de touches de même couleur dans le dessin qui rayonne vers le centre.

363 — ASSIETTE du même genre mais à dessin polychrome aux cinq couleurs.

364 — PETITE PAIRE DE MULES à fond bleu ardoisé et à réserves de fleurs.

365 — DEUX POTICHES décors bleu ardoisé ; sur l'une, riches fleurons tombant en chutes vers la base obconique ; l'autre, de forme ovoïde, a six compartiments sur la panse alternant de sujets chinois et de bouquets de fleurs en camaïeu.

Saint-Amand-les-Boues.

366 — Deux assiettes bluettées à décors de fleurs semées de rouge et vert, décorées de blanc fixe ; l'une, à dentelles ; l'autre, à branches fleuries exécutées en blanc. — Marque SA.

367 — Deux assiettes décorées sur le marli de fleurs en blanc fixe et au centre d'une fleur et d'un joli paysage dans le goût japonais, avec personnages en bateau et pêcheur à la ligne. — Monogramme de Louis Féburier. — Marque LF enlacés.

368 — Deux assiettes, bords contournés à fleurs, oiseaux et insectes. — Marque S., LF enlacés, A.

369 — Deux assiettes : l'une, à marli de blanc fixe et fleur au centre ; l'autre, à décor bleu, avec arbre fleuri au centre et oiseaux. — Toutes les deux marquées LF enlacés.

370 — Petit vase décoré au blanc fixe, reposant sur la queue d'un dauphin, et théière de forme conique à pans, décorée de fleurs.

Fabrique d'Aprey.

371 — Coupe a fruits à bords contournés finement décorée de bouquets de grandes fleurs. — Marque AP.

372 — Deux assiettes à bords contournés : l'une, décorée de cartels de fleurs encadrés d'ornements Louis XV sur le marli ; l'autre, à douze lobes repoussés dans la pâte, décors de grandes fleurs, bordure à collerette.

373 — Trois pièces : plateau à partie centrale relevée en trembleuse à fin décor de fleur, autre à rayons rubanés et fleur centrale, et une petite assiette décorée de guirlandes.

374 — Huilier à bords contournés et ornés de rocailles en relief, décor de fleurs en couleur, burettes en verre de l'époque Louis XV.

Moustiers.

375 — Assiette aux armes de Henri de Lorraine et de Brionne, grand écuyer de France, gouverneur d'Anjou.

376 — Assiette décorée d'une église et de constructions ; au centre, la Vierge debout sur un nuage porte l'Enfant Jésus au-dessus de sa tête ; sur un ruban flottant, le mot, Moustiers.

377 — Trois pièces : grand plat à médaillon central d'amours, une saucière et armoiries, une tête humaine en chef, écu chargé de deux étoiles, un lion passant à gauche en pale, moutardier à grotesque. — Marque OL, signature d'Olery.

Marseille et pièces du Midi.

378 — Coupe basse et garnie de trois feuilles de chou en relief et décorée de fleurs. — Marque de la veuve Périn, P.

379 — Deux assiettes à armoiries : sur l'une, écu à deux étoiles, un chevron et trois marteaux ; sur l'autre trois étoiles au chef et lion passant sur fond d'or.

380 — Deux assiettes : l'une, enguirlandée, portant au centre l'inscription : Christophe Marlot, Jeanne Chérière, 1760 ; l'autre, au décor rouennais, à lambrequins polychromes.

381 — Deux assiettes à bords contournés décorées de branches fleuries et de bouquets de fleurs. — Marque de Clerisi C. S.

Le Havre.

382 — Assiette en terre de pipe, décorée d'une tulipe centrale et branches de fleurs à tiges de graminées. — Signée en creux L. de Lavigne, au Havre, le père de notre grand poète.

FAIENCES PATRIOTIQUES

Devises et dates.

383 — 1790. *Tres uno. Vis unita fortior.*

384 — 1791. *Union, Liberté, Force, Patrie.*

385 — 1792. *Vive l'Agriculture !*

386 — 1794. *Vive la République !*

387 — *Si les choses ne changent de face.*
Nous serons bientôt à la besace.

388 — *Charité, Force, Espérance.*

389 — *Ah ! ça ira !*

390 — *Manes de Mirabeau.*

391 — *Il faut céder.*

392 — *Je jure de maintenir de tout mon pouvoir la Constitution.*

393 — *Vive la Montagne !*

394 — *Vivre libre ou mourir !*

395 — *L'Équité.*

396 — *La Liberté ou la Mort !*

Révolution de 1830.

397 — GRAND PLAT : Charles X à cheval, avec inscription : Vive Charles X

398 — ASSIETTE à inscription :

Charles X est foutu
Son règne n'existe plus.

399 — ASSIETTE à la mémoire des journées de Juillet. Une pyramide surmontée du coq gaulois porte l'inscription : 27, 28, 29 juillet 1830.

FAIENCES ÉTRANGÈRES

Delft.

400 — ASSIETTE en Delft doré; décor rouge et or, au centre, un vase japonais rempli de fleurs. — Marque A. R.

401 — ASSIETTE en Delft; décor rare et d'un parti fort original, le sujet s'étend jusque sur le marli et ne lui abandonne que l'encadrement : jardinière et petite fille, traitées en couleur.

402 — MOULE en forme de fleur de lis, dessins de fleurs polychrome.

403 — PLAT représentant la vue du port de Delft et conséquemment de la ville où se fabriquaient ces faïences recherchées; décor bleu.

404 — Assiette de fabrique allemande, à grandes armoiries; décor bleu.

Fabrique de Savone (Italie).

405 — Quatre assiettes diverses de Savone, à dessins divers, amours, rinceaux fleuris à armoiries et portant des marques différentes, l'une datée de 1652.

406 — Deux assiettes, dont l'une, très intéressante par sa marque et son décor qui ressemble beaucoup à celui de Marseille et de Strasbourg, armoirie sur le marli; elle est signée dessous Jacques Boselly; autre assiette à costume italien.

Fabrique de Marieberg (Suède).

407 — Très belle assiette à bord de vannerie ajourée; elle porte, au centre, les armes du baron de Breteuil qui était notre ambassadeur en Suède. — Marque : trois couronnes et M. B.

408 — Deux assiettes : l'une décorée de fleurs, portant la marque N. B. K., séparées et disposées l'une au-dessus de l'autre ; la seconde, décorée en bleu et blanc fixe, à rayonnements et fleurs, est marquée de trois couronnes et des lettres M. B. E. — Marieberg.

16

RED. :

MIRE ISO N° 1
NF Z 43-007
AFNOR
Cedex 7 - 92080 PARIS-LA-DÉFENSE

0 1 2 3 4 5 6 7 8 9 10

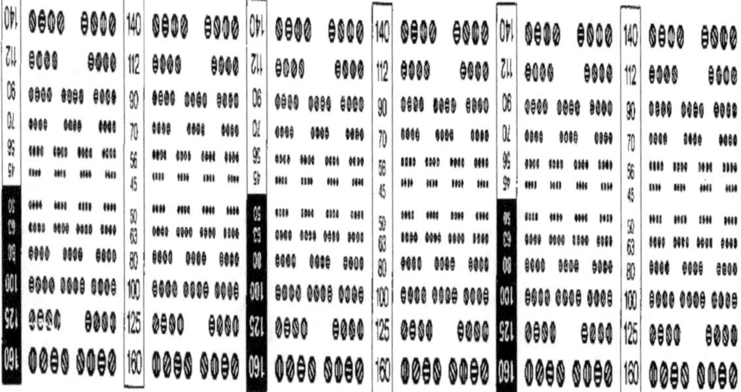